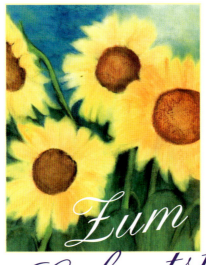

Magdalenen-Verlag

Lebe! Liebe! Lache!

Lebe! Liebe! Lache!
Auf diese Weise mache
dein neues Jahr zu einem Fest,
das dich dein Leben feiern lässt.
Es soll das neue Lebensjahr
noch besser sein,
wie's alte war!

Ich wünsch' dir...

Ich wünsch´ dir einen guten Tag!
Geh ihm nur froh entgegen
und achte auf den Stundenschlag
als sanfte Mahnung, dich zu regen.
Doch laß dich nur nicht ständig treiben
von viel zuviel Terminen.
Es soll vom Tag das Wissen bleiben:
Die Sonne hat mir heut geschienen!
Ich wünsch´ dir einen guten Tag
zu jeder Stunde seiner Zeit.
Denn was er dir zu sein vermag,
ist mehr als nur Geschäftigkeit.
Wie du ihn nützt, wie du ihn hegst,
nur das allein wird zählen
in den Gedanken, die du pflegst.
Lass dir den Tag nicht stehlen!

Elli Michler

Pflücke jeden ...

Pflücke jeden Tag
einen kleinen Blumenstrauß
mit Blüten der Freude,
Knospen der Zuversicht
und Blättern der Begeisterung,
damit dein Leben
reich und bunt wird.

Wolfgang Bahr

Rezept für alle...

Rezept für alle Tage des Jahres:

Man sollte die Dinge so nehmen,
wie sie kommen.
Aber man sollte auch dafür sorgen,
dass die Dinge so kommen,
wie man sie nehmen möchte.

Curt Goetz

Ich wünsche dir...

Ich wünsche dir für´s neue Jahr
das große Glück in kleinen Dosen.
Das alte lässt sich ohnehin
nicht über Nacht verstoßen.
Was du in ihm begonnen hast
mit Mut und rechter Müh´,
das bleibt dir auch noch
Glück und Last in neuer Szenerie.
Erwarte nicht vom ersten Tag
des neuen Jahres gleich zuviel!
Du weißt nicht, wie er´s treiben mag,
es bleibt beim alten Spiel.
Ob gute Zeit, ob schlechte Zeit,
wie sie von Gott gegeben,
so nimm sie an und steh bereit
und mach daraus dein Leben!

Elli Michler

Weißt du ...

Weißt du,
worin der Spaß des
Lebens liegt?
Sei lustig!
Geht es nicht,
so sei vergnügt!

Goethe

Der Strauß...

Der Strauß, den ich gepflücket,
grüße dich viel tausendmal!
Ich habe mich oft gebücket,
ach wohl eintausendmal,
und ihn ans Herz gedrücket
viel hunderttausendmal!

Goethe

Wie mit den...

Wie mit den Lebenszeiten,
so ist es auch mit den Tagen:
keiner ist ganz schön
und jeder hat,
wo nicht seine Plage,
doch seine Unvollkommenheit,
aber rechne sie zusammen,
so kommt eine Summe
Freude und Leben heraus.

Friedrich Hölderlin

Die Zeit...

Die Zeit,
sie flog so schnell dahin.
Manchmal schon suchst du
graue Haare und denkst:
Was ist noch für mich drin?
So stehst du erst
am Anfang deiner Blüte.
Was ist die Jugend im
Vergleich zum reifen Geist?
Schönheit ist mehr
als Jugendblüte,
und deine Schönheit
reift mit deinem Geist.

Werde, was du ...

Werde, was du noch nicht bist,
bleibe, was du jetzt schon bist;
in diesem Bleiben
und diesem Werden
liegt alles Schöne hier auf Erden

Franz Grillparzer

Will das Glück ...

Will das Glück nach seinem Sinn
dir was Gutes schenken,
sage Dank und nimm es hin
ohne viel Bedenken.
Jede Gabe sei begrüßt,
doch vor allen Dingen:
Das, worum du dich bemühst,
möge dir gelingen

Wilhelm Busch

Nie stille steht...

Nie stille steht die Zeit,
der Augenblick entschwebt,
und den du nicht genutzt,
den hast du nicht gelebt

Friedrich Rückert

Wer so lebt...

Wer so lebt,
dass er mit Vergnügen
auf sein vergangenes Leben
zurückblicken kann,
lebt zweimal

Marcus von Martialis

Hoffnung ist...

Hoffnung ist ein
schönes Tor in die Zukunft.
Hoffnung ist die Tugend
die uns in die Zukunft geleitet -
die uns lehrt,
hoffnungsvoll in die Zukunft
zu sehen und aufzubrechen

von einem Tag zum andern.

Wilhelm Wilms

Immer die kleinen...

Immer die
kleinen Freuden aufpicken,
bis das große Glück kommt.
Und wenn es nicht kommt,
dann hat man wenigstens die
kleinen Glücke gehabt

Theodor Fontane

Gib jedem Tag ...

Gib jedem Tag die Chance,
der schönste deines Lebens
zu werden!

Mark Twain

Nicht, dass keine...

Nicht, das keine Wolke des
Leidens über dich komme,
nicht, dass dein künftiges Leben
ein langer Weg von Rosen sei,
nicht, dass du niemals
Reuetränen vergießen mögest,
nicht, dass du niemals Schmerz fühlen solltest.
Nein, das alles wünsch' ich dir nicht.
Mein Wunsch für dich ist:
Du mögest in deinem Herzen
die Erinnerung an jeden reichen Tag
deines Lebens immer bewahren.
Jede Gabe, die Gott dir geschenkt hat,
möge wachsen mit den Jahren
und möge dazu dienen,
die Herzen derer, die du liebst,
mit Freude zu erfüllen.

Alles fügt sich...

Alles fügt sich und erfüllt sich,
musst es nur erwarten können
und dem Werden deines Glückes
Jahr und Felder reichlich gönnen

Christian Morgenstern

Das Leben...

Das Leben ist ein Fest,
ist Seligkeit und Leid,
ist Verzicht und Erfüllung,
ist Freude und Traurigkeit zugleich.
Und immer wieder Hoffnung,
die zum Himmel weist

Roland Leonhardt

Rosen zuhauf...

Rosen zuhauf
sollen für dich blühen!
Sie sagen dir, dass es noch
etwas anderes gibt als
Arbeit und Mühe.
Es gibt auch
Freude und Entspannung,
Liebe und Verstehen,
Glück und schöne Stunden.
Und es gibt Menschen
die dich mögen

Ich wünsche dir nicht alle möglichen Gaben.
Ich wünsche dir nur, was die meisten nicht haben:
Ich wünsche dir Zeit, dich zu freun und zu lachen,
und wenn du sie nützt, kannst du etwas draus machen.

Ich wünsche dir Zeit für dein Tun und dein Denken,
nicht nur für dich selbst, sondern auch zum Verschenken.
Ich wünsche dir Zeit - nicht zum Hasten und Rennen,
sondern die Zeit zum Zufriedenseinkönnen.

Ich wünsche dir Zeit - nicht nur so zum Vertreiben.
Ich wünsche, sie möge dir übrigbleiben
als Zeit für das Staunen und Zeit für Vertraun,
anstatt nach der Zeit auf der Uhr zu schaun.

Ich wünsche dir Zeit, nach den Sternen zu greifen,
und Zeit, um zu wachsen, das heißt, um zu reifen.
Ich wünsche dir Zeit, neu zu hoffen, zu lieben.
Es hat keinen Sinn, diese Zeit zu verschieben.

Ich wünsche dir Zeit, zu dir selber zu finden,
jeden Tag, jede Stunde als Glück zu empfinden.
Ich wünsche dir Zeit, auch um Schuld zu vergeben.
Ich wünsche dir Zeit: Zeit zu haben zum Leben!

Elli Michler

Ich wünsche dir...

Ich wünsche dir
die zärtliche Ungeduld
des Frühlings,

das milde Wachstum
des Sommers,
die stille Reife
des Herbstes

und die Weisheit
des erhabenen Winters.

Irischer Reisesegen

Glück ist...

Glück ist:
Träume haben,
Kleinigkeiten schätzen,
über den Dingen stehen,
Vertrauen haben,
sich versöhnen können.

Darum:
viele schöne Träume,
viele nette Kleinigkeiten,
viel Stehvermögen,
viel Vertrauen,
viele Versöhnungen.

Zum Geburtstag!
83607 Holzkirchen, Magdalenen-Verlag 2002
Bilder von Anita Irene Gewald
ISBN 3-930350-81-5

Es ist nicht gestattet, Abbildungen dieses Buches zu scannen, in PCs oder auf CDs zu speichern oder in PCs/Computern zu verändern oder einzeln oder zusammen mit anderen Bildvorlagen zu manipulieren, es sei denn mit schriftlicher Genehmigung des Verlages.

Gedichte Seite 4, 10 und 42 aus:
Elli Michler, Dir zugedacht, Wunschgedichte
© Don Bosco Verlag München, 17. Auflage 2000

Gedruckt auf chlorfrei gebleichtem Papier.
© Magdalenen-Verlag GmbH, Holzkirchen 2002
Konzept und Realisation: S. Trömer, Magdalenen-Verlag
Druck: Eurolitho S.p.A., Cesano Boscone (MI)
ISBN 3-930350-81-5